182233

Colores para comer

Alimentos de color café

Patricia Whitehouse

Traducción de Patricia Abello

Heinemann Library

Chicago, Illinois

Designed by Sue Emerson, Heinemann Library; Page layout by Que-Net Media™
Printed and bound in the United States by Lake Book Manufacturing, Inc.
Photo research by Jill Birschbach, Heinemann Library

08 07 06 05 04
10 9 8 7 6 5 4 3 2 1

Library of Congress Cataloging-in-Publication Data
Whitehouse, Patricia, 1958-
   [Brown Foods. Spanish]
   Alimentos de color café / Patricia Whitehouse
       p. cm. -- (Colores para comer)
Includes index.
Summary: Introduces things to eat and drink that are brown, from pumpernickel bread to almonds.
   ISBN 1-4034-3853-6 (HC), 1-4034-3845-5 (Pbk.)
 1. Food--Juvenile literature. 2. Brown--Juvenile literature. [1.
Food. 2. Brown 3. Spanish language materials.] I. Title.
   TX355 .W44718 2003
   641.3--dc21

                                           2003049962

Acknowledgments
The author and publishers are grateful to the following for permission to reproduce copyright material:
Title page, pp. 5, 7, 8, 10, 14, 16, 17, 18, 19, 20, 21, 22, 24 Que-Net/Heinemann Library; p. 4 Ed Young/Corbis; pp. 6, 15R Corbis; p. 9L PhotoDisc/Getty Images; p. 9R Kathleen Finlay/Masterfile; p. 11 Z. Sandmann/StockFood Munich/StockFood; p. 12 Brauner/StockFood Munich/StockFood; p. 13 Charles O'Rear/Corbis; p. 15L George D. Lepp/Corbis; p. 23 (row 1, L-R) Que-Net/Heinemann Library, Corbis, Que-Net/Heinemann Library; (row 2, L-R) D Richard T. Nowitz/Corbis, Que-Net/Heinemann Library, Que-Net/Heinemann Library; (row 3, L-R) Que-Net/Heinemann Library, Z. Sandmann/StockFood Munich/StockFood, Que-Net/Heinemann Library; (row 4, L-R) Que-Net/Heinemann Library, Corbis; back cover (L-R) Brauner/StockFood Munich/StockFood, Que-Net/Heinemann Library

Cover photograph by Que-Net/Heinemann Library

Every effort has been made to contact copyright holders of any material reproduced in this book.
Any omissions will be rectified in subsequent printings if notice is given to the publisher.

Special thanks to our advisory panel for their help in the preparation of this book:

Anita R. Constantino
Literacy Specialist
Irving Independent School District
Irving, TX

Aurora Colón García
Reading Specialist
Northside Independent School District
San Antonio, TX

Leah Radinsky
Bilingual Teacher
Inter-American Magnet School
Chicago, IL

Ursula Sexton
Researcher, WestEd
San Ramon, CA

Unas palabras están en negrita, **así.**
Las encontrarás en el glosario en fotos de la página 23.

Contenido

¿Has comido alimentos de color café?

Estamos rodeados de colores.

Seguramente has comido alimentos de estos colores.

Hay frutas y verduras de color café.

También hay otros alimentos de color café.

¿Qué alimentos de color café son grandes?

El pavo asado es grande y de color café.

Se asa en el **horno.**

Esta **hogaza** de pan es grande
y de color café.

Esta clase de pan se llama
pan de centeno.

¿Qué otros alimentos grandes de color café hay?

| mezcla | sartén |

Estos panqueques son grandes y de color café.

Se hacen cocinando la **mezcla** en una **sartén**.

Algunas peras son grandes
y de color café.

Las peras crecen en árboles.

¿Qué alimentos de color café son pequeños?

Hay una clase de arroz pequeño y de color café.

Para comerlo, hay que cocinarlo.

Algunas **aceitunas** son pequeñas y de color café.

Las aceitunas crecen en árboles.

¿Qué otros alimentos pequeños de color café hay?

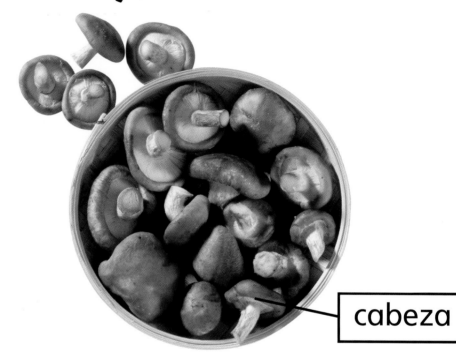

cabeza

Algunos hongos son pequeños y de color café.

La parte que comemos se llama cabeza.

Casi todas las pasas son pequeñas
y de color café.

Las pasas son uvas secas.

¿Qué alimentos de color café son crujientes?

Los pretzels son crujientes
y de color café.

Hay pretzels de distintas formas.

Las almendras son crujientes y de color café.

Son semillas del árbol de almendro.

¿Qué alimentos de color café son suaves?

cacahuates

La mantequilla de cacahuate, o maní, es suave y de color café.

Se hace con cacahuates picados.

frijoles pintos

Los frijoles refritos son suaves
y de color café.

Algunos frijoles refritos se hacen
con **frijoles pintos.**

¿Qué alimentos de color café se toman?

El chocolate caliente es de color café.

Se hace con **cacao en polvo** y leche.

soya

La **sopa de soya** es de color café.

Se hace cocinando la **soya.**

Receta de color café: Sándwich en forma de osito

Pídele a un adulto que te ayude.

Primero, úntale mantequilla de cacahuate a una tajada de pan de color café.

Ponle otra tajada de pan encima.

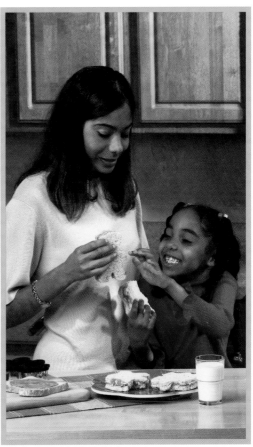

molde para galletitas

Después, corta tu sándwich con un **molde para galletitas** en forma de osito.

¡Disfruta tu sándwich en forma de osito!

Prueba

¿Sabes cómo se llaman estos alimentos de color café?

Busca las respuestas en la página 24.

? ? ? ? ?

? ? ? ? ?

Glosario en fotos

mezcla
página 8

hogaza
página 7

frijoles pinto
página 17

cacao en polvo
página 18

sopa de soya
página 19

pan de centeno
página 7

molde para galletitas
página 21

aceitunas
página 11

soya
página 19

sartén
página 8

horno
página 6

Nota a padres
y maestros

Leer para buscar información es un aspecto importante del desarrollo de la lectoescritura. El aprendizaje empieza con una pregunta. Si usted alienta a los niños a hacerse preguntas sobre el mundo que los rodea, los ayudará a verse como investigadores. Cada capítulo de este libro empieza con una pregunta. Lean la pregunta juntos, miren las fotos y traten de contestar la pregunta. Después, lean y comprueben si sus predicciones son correctas. Piensen en otras preguntas sobre el tema y comenten dónde pueden buscar las respuestas. Ayude a los niños a usar el glosario en fotos y el índice para practicar nuevas destrezas de vocabulario y de investigación.

Índice

Respuestas de la página 22

mantequilla de cacahuate

sopa de soya

cacahuate

chocolate caliente

arroz

panqueques

frijoles pintos

pretzels

pan de centeno